Christian August Vulpius

Die Männer der Republik

Ein Lustspiel in 2 Aufzügen

Christian August Vulpius

Die Männer der Republik
Ein Lustspiel in 2 Aufzügen

ISBN/EAN: 9783743364141

Hergestellt in Europa, USA, Kanada, Australien, Japan

Cover: Foto ©Andreas Hilbeck / pixelio.de

Manufactured and distributed by brebook publishing software
(www.brebook.com)

Christian August Vulpius

Die Männer der Republik

Die

Männer der Republik.

Personen:

Burgermeister.

Arabella, seine Frau.

Emilie, ihre Tochter.

Edmund.

Lizenziat Kornfeld.

Stadtschreiber.

Rosa, Arabellens Kammermädchen.

Bleuer, Stadtwachtmeister.

Stadtdiener.

(Die Szene ist in einer kleinen Reichsstadt.)

Erster Aufzug.

(Saal.)

Erster Auftritt.

Rosa (halbschlaftrunken, mit einem Lichte.)
Emilie (in griechischer Kleidung.)

Emilie (stößt Rosa vor sich zur Thür herein.)

Geh doch zu. —

Rosa.

Aber — Mamsell —

Emilie.

Sez das Licht auf den Tisch und geh!

Rosa.

Es kömmt wahrhaftig jemand hinter uns her!

Emilie.

Laß kommen wer will!

Rosa.

Aber — wenn —

Emilie.

Geh sag' ich! — Leg dich nieder —

Rosa (sezt das Licht auf den Tisch.)

Hören Sie?

Emilie.

Du sollst gehen!

Rosa.

Ja doch!

(ab, in ein Seitenzimmer.)

Emilie (wirft sich auf einen Stuhl.)

Nun mag ein Prinz kommen, er ist mein! Und am Ende ists doch wohl der Stadtschreiber!

Zweiter

Zweiter Auftritt.

Emilie, Edmund (in altteutscher Tracht.)

Edmund.

Da ist sie! (fällt vor ihr nieder.) Mich leitete der Stern der Liebe!

Emilie (springt auf.)

Mein Herr! — Was wollen Sie?

Edmund (steht auf, und küßt ihr die Hand.)

Die Liebe macht kühn — ich wage und hoffe —

Emilie.

Beides zu viel.

Edmund.

So hätte ich mich betrogen? Nein! Ihre Augen sagten mir, daß ich Verzeihung erhalten würde. Die Götter verzeihen und werden angebetet — und Helena? Denn unter welchem Namen sollte ich Sie sonst in dieser

Tracht kennen lernen, wann es nicht unterm Namen der Liebesgöttin selbst wär? — Ich wage es —

Emilie.

Sie sind sehr frei! (vor sich) Seine Dreistigkeit gefällt mir! (zu ihm) Lassen Sie mich!

Edmund.

Nein! und wenn Kronen auf diesem Befehle stehen könnten — ich ging nicht!

Emilie.

So zudringlich! Ein ganz fremder Mensch, der mich in seinem Leben noch nicht gesehen hat, kommt auf die Redoute, sieht mich, und glaubt in meinen Augen etwas zu lesen, das ihn so kühn machen könnte mir zu folgen, folgt mir wirklich — und —

Edmund.

Finden Sie das sonderbar? Diese Augen, diese schönen Augen —

Emilie (nimmt ihre halbe Larve ab.)

Wollen Sie mehr sehen?

Edmund.

Edmund.

O! ich bin unaussprechlich glüklich! (küßt sie)

Emilie.

Wie? und Sie können das wagen? und umsonst —

Edmund.

Ich verstehe Sie! Hier ist meine Börse. — Nun weis ich wo ich bin.

Emilie (wirft die Börse hin.)

Meine Gunstbezeugungen sind nicht feil. Dieser Preis ist zu schlecht. Sie wissen nicht wo Sie sind!

Edmund.

So hätte ich mich geirrt? (hebt die Börse langsam wieder auf.)

Emilie.

Wie Sie sehen.

Edmund.

Sonderbar! Sonst schenkt man Wein wo es ein Kranz anzeigt.

Emilie.

Aber nicht um einerlei Preis. — Wer sind Sie?

Edmund.

Ich bin ein Fremder wie Sie sehen und logire im weißen Rosse. Aber dieses Haus?

Emilie.

Ist meines Vaters Wohnung. Sie sehen wohl, 's war ein Irrthum in der Person.

Edmund.

Dieser liebenswürdige Irrthum könnte sehr zu meinem Glük gereichen, wenn —

Emilie.

Ich bin Ihre Fortuna nicht! Rosa!

Edmund.

Wenn Sie erlaubten, daß ich —

Dritter Auftritt.

Vorige. Rosa. (mit einem Lichte.)

Rosa.

Mademoiselle?

Emilie.

Leuchte diesem Herrn — es ist dunkel —

Edmund.

Liebenswürdiges Mädchen —

Emilie.

Ich wünsche wohl zu ruhen.

Rosa.

Kommen Sie!

Edmund.

Wollen Sie mich nicht anhören?

Emilie.

Ich bin schläfrig —

Edmund.

Aber morgen?

Emilie.

Ich habe noch nicht ausgeschlafen —.

Edmund.

Und sollte es mir das Leben kosten — (küßt sie.) Ich logire im weißen Roße! —

(eilt ab. Rosa mit dem Lichte ihm nach.)

Emilie.

Welche Verwegenheit! welche Kühnheit! und doch — was will man machen? Diese Kühnheit führt eine gewisse Entschuldigung bei sich! welche weit geltender ist, als alle verliebte, schmachtende Seufzer und Blicke, eines girrenden blöden Schäfers, welcher vor seiner Schönen wie ein hölzener Schutzengel dasteht, und mit ein paar Blicken vorlieb nimmt, weil er sich nicht getraut ungefordert, mehr zu erhalten. — Aber dieser freie Jüngling! unverschämt, und doch liebenswürdig! Wahrhaftig! wenn alle Männer von dieser Gattung wären, wir würden nicht mehr so selbst gefällig von unsrer Höhe herabschauen können! — Man kömmt!

kömmt! — Ich glaube — (wirft sich auf einen Stuhl) ja! es ist meine Mutter!

Vierter Auftritt.

Emilie. Arabella (als Medea gekleidet.)

Emilie.

Beste Mutter! wo waren Sie? wären Sie hier gewesen, er hätte es nicht gewagt —

Arabella.

Was? wer? wer hat es gewagt? was hat man gewagt?

Emilie.

Ein Unbekannter hat es gewagt Ihrer Tochter bis hieher zu folgen — mit ihr von Liebe zu sprechen —

Arabella.

Von Liebe? Ein Unbekannter?

Emilie.

Er wagte es, sie zu küssen —

Arabella.

Dich zu küssen? Ein Fremder?

Emilie.

Er hielt dies Haus vor ein Haus der ausschweifenden Freude. —

Arabella.

Dies Haus? das Haus des Bürgermeisters? meines Mannes — mein Haus?

Emilie.

Er bot Ihrer Tochter Geld —

Arabella.

Geld? That er das?

Emilie.

Er that es!

Arabella.

Wo war ich als dies geschah? Wer hätte mir den Dolch entreißen können, wenn ich mit Mutterwuth den Schändlichen mit tausend Dolchstichen durchbohrt, sein Eingeweide durchwühlt, und sein freches Herz zerrissen hätte? Ha! wie hätte ich mich weiden wollen an den

Qua-

Qualen dieses Bösewichts! Himmel und Erde! mit blutiger Faust hätte ich ihn selbst hinabschleifen wollen, die dunkle Bahn des ewig finstern Orkus! — — Aber Kind — findest du nicht, daß ich die Medea gut spielen würde? — Ha! ich wollte schreien — daß den Leuten das Gehör vergehen sollte!

Emilie.

Mein Schutzengel wachte über mir!

Arabella.

Ich höre deinen Vater kommen — Kom in mein Zimmer, dort erzähl mir den Verlauf der Sache. Ich schwöre dir es zu, dich zu rächen und wenn ich ihn unterm Südpol suchen sollte.

Emilie.

Er logirt im weißen Rosse!

(gehen in ein Zimmer)

Fünfter Auftritt.

Burgermeister (in türkischer Kleidung), Lizenziat (in Schäfertracht), Stadtschreiber (als Herkules gekleidet, mit einer Keule.)

Stadtschreiber.

Da sind wir!

Burgermeister.

Nun Lizenziat, wie hat dirs gefallen?

Lizenziat.

Recht wohl! Herr Bruder, du hättest unter deiner Regierung nichts Nützlicheres stiften können, als die Redouten.

Stadtschreiber.

Das ist wahr!

Burgermeister.

Wenn meine Frau nicht den klugen Einfall gehabt hätte — ich wär nicht darauf gefallen.

Lizen-

Lizenziat.

Ein Beweis, daß auch die Weiber zuweilen etwas Kluges im Regiment stiften können.

Stadtschreiber.

Quod sic!

Burgermeister.

Zu meiner Jugendzeit war an dergleichen Spas noch gar nicht gedacht. —

Lizenziat.

Ja wohl, leider!

Stadtschreiber.

Tempora mutantur —

Lizenziat.

Et nos mutamur cum illis! Ich bin ordentlich wieder jung geworden.

Burgermeister.

Aber Herr Bruder, daß du in deinem sechszigsten Jahre in einer Perücke noch einen arkadischen Schäfer repräsentirst — das ist nicht recht! 's ist ein Anachronismus.

Lizenziat.

Wer ist denn daran Schuld als deine Frau? Wiewohl ich dir sagen muß, in meiner Jugend schickte ich mich erzellent zu einem arkadischen Schäfer. Ich verfertigte auch dazumal Idillen. Eine davon wird mir ewig unvergeßlich bleiben — sie fing sich an: (rezitirt mit Aktionen.)

Dort kömmt die Sonne schon in feuerrother Pracht
Und stralt um Chloens dunkelbraune Locken-Nacht.

Stadtschreiber.

Sonst war ich auch ein Dichter, das zeigen die Belustigungen des Verstandes und Witzes. Element! was hab ich damals zusammen gereimt! Aber jezt ist die poetische Ader vertrocknet.

Lizenziat.

's geht mir auch so, Herr Gevatter. Nun können wir mit Recht sagen: Nos *fuimus* Tröes.

Stadt=

Stadtschreiber.

Ja wohl! ja wohl! (bringt eine Flasche Wein unter der Löwenhaut hervor, sezt sich an den Tisch und trinkt.)

Lizenziat.

Ich glaube der Herr Gevatter Stadtschreiber trinkt schon wieder.

Stadtschreiber.

Ich bin noch nicht satt.

Lizenziat.

Ei! ei! die poetische Ader wird wohl wieder in den Fluß kommen sollen.

Burgermeister.

Ha! ha! ha! ha!

Lizenziat.

Was lachst du denn?

Burgermeister.

Lachen muß ich wenn ich den Stadtschreiber ansehe — ha! ha! ha! — was das vor ein toller Einfall von meiner Frau war, den kleinen Kerl zum Herkules zu machen!

Stadtschreiber.

Die Weiber, Herr Collega, verstehen die Kunst zu metamorphosiren! — 's hat mich keine Seele gekennet. — Wer wollte auch glauben, daß der Stadtschreiber in einer Löwenhaut stäk? he! he! he! . . . . .

Lizenziat.

Drum Herr Gevatter Stadtschreiber 's geschicht manches in der Welt, was man nicht glaubt!

Stadtschreiber.

Ich habe von meiner Löwenhaut auch weiter keinen Vortheil gehabt, als daß ich eine Flasche drunter verbergen konnte, und die schwere Keule hat mir den Arm glaub' ich länger gezogen. Schwingen hätt' ich sie nicht können wie ich einmal von einem Herkules in der Alieste ah, welcher damit ein Rad schlug.

Burgermeister.

Die Redouten hätte ich denn in Gang gebracht, nun hab ich mir noch etwas ausgedacht, womit ich meiner Frau eine Freude machen will.

Ich

Ich will eine Komedianten=Gesellschaft verschreiben, und sie soll die Medea spielen.

Lizenziat.

Bravo! Wenn der Geburthstag unsers allergnädigsten Kaisers einfällt, so schreib' ich ein Schäferspiel — und so wahr ich ehrlich bin, ich spiele, wie einst Kaiser Nero, selbst mit. Einen wilden störrischen Kerl muß ich machen, der alles um sich her zerschmettert, überhaupt einen Schäferheld. Vielleicht bringe ich den Pan hinein', das wär so eine Rolle vor mich: Ein Schäferspiel! in Versen!

Stadtschreiber.

Herr Gevatter bringen Sie doch Gesänge an, ich will sie komponiren —

Lizenziat.

Ei! das versteht sich! Gesungen wird! Pan soll eine Arie singen bei Sturm und Donner, und soll ein paar Felsen zerreißen, die Bäume aus der Erde ziehen, sie gen Himmel werfen, und wie ein Gigante den Olymp zu stürmen drohen.

 Stadt=

Stadtschreiber.

Das soll ein Operettchen werden, wie noch keins in der Welt ist. Da läst sich Musik anbringen! Chöre mit Trompeten und Pauken und mit Janitscharenmusik.

Burgermeister.

Ihr Herrn laßt euch aber nichts vor meiner Frau merken — sie darfs noch nicht wissen.

Lizenziat.

Ei! bewahre der Himmel! Nicht ein Wort!

Burgermeister.

's soll ihr unverhoft vorkommen.

Lizenziat.

Das wird ein großer Spas werden! Thun Sie nur das ihrige, Herr Stadtschreiber, und machen Sie die Musik so auffallend als möglich — an Text soll's nicht fehlen. Sie werden zu thun genug bekommen, und wenn Sie nur das in Musik setzen wollen, was nicht gesprochen werden kann, — 's ist ja so Mode in den Singspielen.

Bur=

Burgermeister.

Die Leute sollen sehen, daß ich ein Beschützer der schönen Künste und Wissenschaften bin. Unter meiner Regierung soll das goldene Zeitalter unsrer Stadt seyn — man soll mich einen Mäzen der Wissenschaften nennen und Lobgedichte auf mich verfertigen.

Lizenziat.

Und wenn's keiner thut, Herr Bruder ich bin der erste, welcher dir den Gefallen erzeigt! Es soll eine wahre pindarische Ode mit Absäzzen und Gegenstrophen werden — ein wahres: Quem virum aut heroa. —

Stadtschreiber.

Und ich setze es in Musik. Das Stükchen soll mich verewigen!

Burgermeister.

Unsre Nachbarn sollen sich verwundern. Lizenziat! Stadtschreiber! ich geh mit Planen schwanger — 's ist nicht mit Menschenzungen auszusprechen!

Stadtschreiber.

Der Himmel gebe eine glükliche Geburt! und uns allen viele Freude.

Sechster Auftritt.

Vorige. Arabella.

Arabella.

Männer der Republik, seyd ihr gefaßt etwas Schrekliches zu hören?

Stadtschreiber.

Was giebt's? Sind Diebe eingebrochen?

Burgermeister.

Sind die Arrestanten entwischt?

Lizenziat.

Ist ein Kindermord geschehen?

Stadtschreiber.

Ist Feuer in der Republik?

Burgermeister.

Hat man unsere Privilegia entwendet? Das Archiv erbrochen?

Lizenziat.

Ein Kirchenraub?

Stadtschreiber.

Ist der Feind da?

Lizenziat.

Ein Vatermord?

Arabella.

Kleinigkeiten! rathet besser.

Stadtschreiber.

Wenn das Kleinigkeiten sind! —

Arabella.

Auf meinen Lippen schwebt eine schrekliche Botschaft —

Burgermeister.

Rede!

Arabella.

Ich zittre! mit dieser Mine mußte die keusche Lukrezia dem edeln Kollatin ihre Schande be-

bekennen, und die Verwegenheit des unbändigen Tarquin schildern. — Höret mich an. Ein Unbekannter verfolgt unser Kind, Emilien, die sanfte Taube, bis in diesen Saal — ergreift sie — und —

Lizenziat.

Entführet sie?

Arabella.

Hält sie vor ein Mädchen der Freude — bietet ihr Geld — und sieht dies Haus — o! daß ich es sagen muß! — sieht das Haus des regierenden Burgermeisters, vor ein öffentliches Haus der Ausschweifungen an.

Burgermeister.

Den verfluchten Kerl soll der Geier holen!

Lizenziat.

Das ist ein frecher Gesell!

Arabella.

Emilie begegnet ihm, wie er's verdient. Er verläst sie, und sagt indem er geht mit einer Stimme — mit einer Stimme — o! sie

konn=

konnte mir es nicht sagen, nicht sie wiederholen. —

Burgermeister.

Was sagte er?

Arabella.

„Ich logiere im weißem Rosse!" — Ein Glük, daß er der Mutter nicht unter die Hände kam! —

Burgermeister.

Ruhig mein Schaz — den Kerl wollen wir schon kriegen. Herr Stadtschreiber treffen Sie doch einmal die Verfügung, daß die Stadtdiener ihn arretiren und früh 9 Uhr hieher bringen.

Stadtschreiber.

Gleich soll alles besorgt seyn.

(ab)

Lizenziat.

Der freche Mensch ist gewiß ein sogenanntes Genie!

Burgermeister.

Sey ruhig mein Kind! Jezt will ich ein paar Stunden schlafen, und dann wollen wir

ihn

ihn coram nehmen. (küßt sie und geht ab.) Schlaf wohl mein Schatz!

Lizenziat.

Schlafen Sie wohl Frau Gevatterin!

(ab)

Arabella.

Schlaft — ich will wachen! — Neugierig bin ich doch zu wissen wer der Fremde ist, der sich erkühnen konnte einem Mädchen zu folgen, welche er nur ein einzigesmal gesehen hatte!

Siebenter Auftritt.

Arabella. Rosa.

Arabella.

Und deine Augen flieht der Schlaf auch? — Oder gehst du auf verbotenen Wegen umher? Rede! Ich sehe es dir an, du hast etwas vor. —

Rosa.

Rosa.

Ach! Madam —

Arabella.

Zittre wenn ich es erfahre, ohne daß du mir's selbst sagst!

Rosa.

Ich bin unschuldig —

Arabella.

Also ist wirklich etwas vorgegangen?

Rosa.

Aber wie gesagt — wenn Sie mir —

Arabella.

Rede — oder du machst' mich wild. Ich muß alles wissen. Es soll dir nichts geschehen. Wenn du mir aber den kleinsten Umstand verschweigst —

Rosa.

Ich will alles sagen, was ich weis. Als die Mademoiselle die Treppe herauf kam, sagte ich's gleich, daß jemand hinter ihr her käm — aber sie achtete nicht drauf und hies mich gehen.

Kurz drauf rufte sie mich. Ich kam und sah einen jungen Herrn bei ihr, welcher von der Redoute zu kommen schien.

Arabella.

In welcher Stellung?

Rosa.

Wenn ich recht gesehen habe, so war sie ziemlich steif. Die Mademoiselle befahl mir dem Herrn zu leuchten. An der Treppe drükte er mir dieses Goldstük in die Hand und bat mich, ihn im Hause hier zu verbergen.

Arabella.

Und du? —

Rosa.

Ich führte ihn durch des Herrn Stadtschreibers Schlafzimmer in des Herrn Burgermeisters Bibliothek —

Arabella.

Und das konntest du wagen?

(hinter der Szene geschieht ein Pistolenschuß und wird geschrien: Diebe! Mörder! Räuber!)

Ara-

Arabella.

Mein Gott! was ist das? Soll den dieser Tag mit lauter unerwarteten Begebenheiten beginnen.

Rosa.

Das wird schön werden!

Achter Auftritt.

Vorige. Stadtschreiber, (ohne Löwenhaut, ein abgeschossenes Pistol in der Hand.)

Arabella.

Was giebts?

Stadtschreiber.

Ein Dieb! ein Mörder! —

Arabella.

Wo denn?

Stadtschreiber.

In der Bibliothek.

Rosa.

Da haben wirs!

Stadtschreiber.

Ich wollte mich zu Bette legen, als ich in der Bibliothek etwas auf und niedergehen hörte. Ich öfnete die Thür und rufte: Wer da? — Keine Antwort. Ich ergreife das Pistol und rufe abermals: Wer da? Schweig! erscholl eine Stimme, oder du bist des Todes! — Ich gab Feuer, — und der Himmel weis — ob ich ihn getroffen habe.

Neunter Auftritt.

Vorige. Lizenziat, Burgermeister (in Schlafröken), Emilie (halb entkleidet.)

Lizenziat.

Merdieu! was giebts denn?

Burgermeister.

Wer hat geschossen?

Stadt=

Stadtschreiber.

Ich! Herr Collega!

Emilie.

Ist denn ein Unglück geschehen?

Stadtschreiber.

In der Bibliothek wandelt ein Dieb umher.

Lizenziat.

Haben Sie ihn getroffen?

Stadtschreiber.

Das weis der Himmel!

Burgermeister.

Lauft nach der Wache!

Arabella.

Ruhig ihr Männer der Republik. Ich allein gehe dem Diebe entgegen. —

Burgermeister.

Aber mein Schatz —

Arabella.

Begebt euch zur Ruh, ich weis um alles.

Burgermeister.

Du weist um den Diebstahl?

Arabella.

Kein Diebstahl! — Geht ruhig zu Bette. Ich liefre den Dieb vors Judizium. Mein Schatz! bekümre dich um nichts — schlaf ruhig.

Burgermeister.

Wenn du es auf dich nimmst —

Arabella.

Ich nehme alles auf mich —

Burgermeister.

Ein sonderbarer Casus! Wenn ich neugierig wär —

Arabella.

Du bist's nicht — ich weis es —

Burgermeister.

Bleibt mir doch etwas mich damit zu amusiren, wenn ich ausgeschlafen habe. Schlaf wohl mein Kind! —

(ab.)

Lizenziat.

Kaum werd ich schlafen können! Kan ich ruhig seyn?

(ab.)

Ara-

Arabella.

Ganz ruhig!

Emilie.

Ich auch liebe Mutter?

Arabella.

Auch du mein Kind. — Geh zu Bette — Rosa begleite sie.

(Emilie und Rosa ab.)

Stadtschreiber.

Und ich? —

Arabella.

Sie erwarten mich hier. Ich gehe dem vermeinten Diebe entgegen.

(will gehen.)

Zehnter Auftritt.

Vorige. Edmund.

Edmund.

Ich kann leicht einsehen, daß es meintwegen eine kleine Verwirrung geben wird — ich komme also selbst Ihnen zu sagen —

Arabella.

Wo kommen Sie her? was suchen Sie hier?

Edmund. (bei Seite)

Jezt muß mich die Verstellung retten — ich wollte Ihnen sagen — verzeihen Sie — (etwas leise) wenn wir allein wären —

Arabella.

Herr Stadtschreiber, Sie können sich ruhig zu Bette legen — ich merke Sie sind schläfrig —

Stadt=

Stadtschreiber.

Gar sehr! — Wenn Sie es erlauben — Wie Sie befehlen — Sie wissen wohl, die Session geht früh an —

(ab.)

Arabella.

Jezt sind wir allein, entdecken Sie sich —

Edmund. (Bei Seite)

Nun muß ich lügen — Madam — wenn ich wüste — wenn Sie einem Unbesonnenen verzeihen können — (fällt nieder.)

Arabella.

Was wollen Sie kleiner Schäkrer? stehen Sie auf.

Edmund.

So hören Sie denn mein Bekenntniß — bestrafen Sie mich — und lassen Sie mich ausrufen:

Ist Liebe Schuld — so mag der Himmel
mir verzeihen!

Arabella. (beklemt)

Reden Sie deutlicher.

Edmund.

Kühn zu seyn, treibt die Liebe den Liebenden — er wagt alles — und auch ich —

Arabella.

Sollten Sie? — (ängstlich) Wenn ich Sie verstünd —

Edmund.

Ich sah Medeen auf der Redoute — doch nur in der Kleidung Medea — sonst eine der drei Schwestern, welche die Dichter Grazien nennen. Warum in dieser Kleidung? doch zuweilen tritt ja auch die Sonne hinter Wolken, und der sanfte, liebe Mond verschleiert oft sein lächelndes Antlitz. — Ich erfuhr Ihre Wohnung, ich kam hieher, ich fand eine andere Schöne, welche ich willig verlies — aber ich konnte nicht aus diesem Hause gehen, ohne Sie gesehen zu haben, deren Blike beim ersten Anblik so unheilbare Wunden in dies Herz gruben.

Arabella.

Ist es möglich? — Mein Herr —

Edmund.

Edmund.

Amor sas in deinen Augen, welche elektrisches Feuer auf mich sprühten — Der Liebesgott floh davon — wohin? — in mein Herz — er hat es ganz in Besiz genommen — er bringt es Dir —

Arabella.

Ich will es aufbewahren dies theure Geschenk —

Edmund.

(küßt sie) Amor! du hast gesiegt — Ich habe Wonne gefühlt — meine Lippen haben auf den ihrigen gezittert — ich bin glüklich —

(will fort)

Arabella (hält ihn zurük.)

Wohin? wohin?

Edmund.

Mich niederlegen, von Dir träumen — erwachen — mit Dir erwachen —

Arabella.

Nein! unsere Glückseeligkeit soll kein Traum seyn. Du bleibst hier.

Edmund. (vor sich)

O weh!

Arabella.

Die Umstände wollen es so — aber fürchte nichts — Ehe du in das Verhör kömmst, bin ich bei dir und will dir alles sagen, was du reden sollst. Jezt laß mich nur einige Augenblike ruhen, daß ich mich fassen kann. Lieber Junge, dein Geständniß hat mich mehr überrascht, als Demosthenes Antrag das Götterkind Lais. Unerwarteter war mir deine Umarmung als die Umarmung der keuschen Luna dem schönen Schläfer Endinion — Nicht Mariane konnte betroffener seyn als Sie Siegwarts Geständniß vernam! — O! ich kann diese Wonne nicht fassen! Jezt muß ich allein seyn oder ich gehe der Vernichtung meiner Sinne entgegen — Hier in diesen Zimmer ruhe sanft bis ich zu dir komme.

Edmund. (vor sich)

Ich bin übel angekommen!

Arabella.

Ruhe sanft, mein Lieber!

Edmund.

Auch du himmlische Grazie — (bei Seite) Alekto!

Arabella.

Du sollst es nie bereuen mich geliebt zu haben!

Edmund. (vor sich)

Das gebe der Himmel nicht!

Arabella.

Kom! — Kom! — Dein auf ewig.

Edmund. (vor sich)

Ich bin der unvorsichtigste Schlingel auf Gottes Erdboden! — Ich überlasse mich ganz dir Engel!

(Arabella führt ihn in ein Seitenzimmer und schliest hinter ihm zu.)

Arabella.

Endlich wieder einmal nach so vielen vergeblich durchseufzten Nächten einen Vogel im

Bauer, der mir Liebe singt! der lose Schelm hat so viel Aehnliches mit meinem lieben Grafen, dem ich so gut war! — Ich werde nicht ruhen können — Nur einige Augenblicke, und ich bin wieder bei dir guter Junge. Auch der Herbst zeugt Blumen, zwar sparsam, aber sie werden mehr gesucht, weil sie seltener sind. Jezt beginnt meines Lebens neuer Lenz, alles lacht, die Flur ist grün, der Himmel blau, die Vögel singen Liebe. — Liebe! dir weih' ich mich ganz — ich komme Amor, die Opferschaale in der Hand — die Flame lodert — und mit dem Weirauch steigen des Herzens sanfte Wünsche Himmel an.

(ab.)

Zweiter Aufzug.

Erster Auftritt.

Bleuer. (hernach) Arabella.

Bleuer.

's ist noch alles still! — die gestrige Redoute, operirt noch, wie ich merke! —

Arabella (im Negligee, eine Saloppe übergeworfen, kömmt aus dem Zimmer, in welches sie Edmunden führte, und schliest es zu.)

Guten Morgen, Bleuer!

Bleuer.

Unterthänigen guten Morgen.

Arabella.

Mein Gemahl wird noch nicht aufgestanden seyn. —

(ab.)

Bleuer.

Bleuer.

Ich kann warten! — Die Madam sieht ziemlich übernächtig aus — 's hat aber nichts zu sagen, sie wird schon ihr rothes Büchschen zu Rathe ziehen — und dann mags ihr der Teufel ansehen, daß sie geschwärmt hat.

Zweiter Auftritt.

Bleuer. Rosa.

Rosa.

Guten Morgen, Herr Stadtwachtmeister!

Bleuer.

Guten Morgen Mamsellchen! Nun!, ist der Redoutenrausch ausgeschlafen?

Rosa.

Ich war nicht auf der Redoute.

Bleuer.

Nicht, wie käm denn das?

Rosa.

Ich liebe dergleichen rauschende Vergnügungen nicht.

Bleuer.

Das ist viel von einem Frauenzimmer! Mein Seel! viel!

Rosa.

Er wird uns doch nicht alle in eine Brühe werfen? Ich bin wenigstens gar nicht vor solche Ueppigkeiten.

Bleuer.

Bravo! So wahr ich bei Roßbach Stand gehalten hätte, wenn nicht mein löbliches Kreis-Kontingent geflohen wär, hätte ich einen Sohn, ich näm mir die Freiheit Sie Schwiegertochter zu nennen. Element! daß mein Karl so ein Narr war und sich die Schwindsucht an den Hals focht! Der Vater hat's nicht in Bataillen gethan, und der Junge thuts auf den Fechtboden! — (geht umher) — — Ist der Herr Burgermeister noch nicht aufgestanden?

Rosa.

Rosa.

Noch nicht! (es wird hinter der Szene geklingelt.) Madam klingelt — Adieu Herr Stadtwachtmeister —

Bleuer.

Mammsellchen! Noch ein Wort! — Wenn der Vater aber die Stelle des Sohns vertreten wollte?

Rosa.

Bei mir?

Bleuer.

Nun ja doch! Frau Stadtwachtmeisterin! ich dächte —

Rosa.

Der Sohn wär mir doch lieber als der Vater —

Bleuer.

Und wo läg denn der Unterschied?

Rosa.

Wenigstens in den Jahren!

(ab.)

Bleuer. (brummt.)

Element! Stadtwachtmeister, das wär ein subtiler Korb! Warum bist du aber auch so ein Narr in deinem Alter noch eine Liebeserklärung zu thun? Du weist nun, daß du im Felde der Venus so wenig avanzirt bist, als im Felde des Kriegsgottes und iezo — ja! jezo wirds Liebesglük dich nicht erst suchen — Verflucht! was mich das Ding ärgert! wenns die Garnison erfährt, so ist der Respekt zum Teufel! — Bleuer! Bleuer! jezt hast du einen dummen Streich gemacht! Ich weis auch nicht wo ich hin gedacht habe! daß dich alle Wetter ich wollte lieber noch einmal bei Roßbach den Feldkessel im Stiche lassen, als mich jezt so schimpflich zurück geschlagen zu sehen!

Dritter Auftritt.

Bleuer. Emilie (im Morgenhabit.)

Emilie.

Lieber Bleuer, will er mir wohl einen Gefallen thun?

Bleuer.

Zehne vor einen.

Emilie.

Aber er muß schweigen können.

Bleuer.

Davor sorgen Sie nicht. Stumm wie ein Fisch! — Wo denken Sie denn hin? Ein Stadtwachtmeister, und nicht schweigen können.

Emilie.

Ich habe hier ein Briefchen — ich möchte es gern in sichere Hände bringen — ich will schon erkenntlich seyn — (zieht die Börse.)

Bleuer.

Ich will den Brief bestellen — aber mit dem Gelde bleiben Sie mir vom Leibe. Einen Gefallen laß ich mir, mein Seel! nicht bezahlen. Ich bin kein Lumpenhund — ich dächte Sie kennten den Stadtwachtmeister Bleuer — Geben Sie mir das Briefchen, es kömmt richtig an Ort und Stelle, aber wie gesagt, das Botenlohn können sie ersparen.

Vierter Auftritt.

Vorige. Stadtschreiber (angekleidet) Stadtdiener.

Stadtdiener.

Diktum, faktum! Wie ich Ihnen sage mein Hochedler Herr Stadtschreiber —

Stadtschreiber.

Guten Morgen Leutchen! — Also — wie war's?

Stadtdiener.

Wie ich Ihnen sage mein Hochedler Herr Stadtschreiber — wir kamen ins weiße Roß, wie das befohlen war, — und der Wirth, er läßt sich unterthänig dem Hochweisen Magistrate empfehlen, sagte, daß zwar, wie gesagt, ein Fremder bei ihm logire, er sey aber, das könne er durch ein eidliches Juramentum erhärten, er sey diese Nacht von der Redoute nicht nach Hause gekommen. —

Emilie.

Nicht nach Hause gekommen?

Stadtdiener.

Diktum! Faktum! Hochedle Mademoiselle. — Wir legten also gleich aus Vorsicht, wie das wohl zu geschehen pflegt, denn man kennt ja die Prozeduren schon, Arrest auf des Fremden Koffer, Hochedler Herr Stadtschreiber —

Stadtschreiber.

Gut! Ist etwas vorgefallen, Bleuer?

Bleuer.

Bleuer.

Wollte eben anfragen —

Stadtschreiber.

Es sollen Patrouillen herumgehen und alle Fremde anhalten. — (zum Stadtdiener) Alle Fremde von Distinktion, bringt auf das Rathhaus.

Stadtdiener.

Diktum, faktum! Wie Sie befehlen mein Hochedler Herr Stadtschreiber — will's gleich den Knechten befehlen; Sie kennen meinen Mikel dem entgeht nichts. Er ist ordentlich der Spürhund des Hochedlen Magistrats, mein Hochedler Herr Stadtschreiber.

(ab.)

Stadtscheiber.

Muß's gleich dem Herrn Burgermeister referiren —

(ab.)

Bleuer.

Das Briefchen —

Emilie.

Er ist nicht da! wo ist er hin? —

(ab.)

Bleuer.

Was ist das? Der Teufel werde klug! Ein Briefchen — ein Fremder im weißen Rosse — er ist nicht da — ich bekomme das Briefchen nicht — Sie läuft fort — eine Liebesintrike, so wahr ich ehrlich bin! — Aber was gehts mich an? — Auf deinen Posten Stadtwachtmeister! Patrouillen ausgeschickt! Marsch!

Fünfter Auftritt.

Bleuer. Arabella (mit einem Frühstück will eilig nach dem Zimmer, in welchem sich Edmund befindet.)

Arabella.

Ist Er auch noch da?

Bleuer.

So eben will ich marschieren.

Ara-

Arabella.

Hör er, sorg er doch davor, daß die Garnison neue Trommelfelle bekömmt — die Trommeln taugen nicht einen Kreuzer — 's ist der Fremden wegen, das Glorie der Stadt leidet drunter. Es reisen jezt so viele schöne Geister, wie die Nachtzettel beweisen, welche alle ihre Reisen druken lassen, und die Herrn sind auf alle Kleinigkeiten aufmerksam, hernach kömmt die Miliz in Blame, man weis nicht wie.

(geht ins Zimmer.)

Bleuer.

Wills dem Herrn Stadthauptmann rapportieren. — (Sieht ihr nach.) Was spazirt denn dort vor eine Mannesperson in dem Zimmer herum? Hm! Hm! wenn's der fremde Vogel wär! — Bei der Frau Burgermeisterin? — Da mag ein andrer Patrouillen hinschicken, aber ich nicht. Meine Ordre lautet: in der Stadt — und also: Marsch, Bleuer!

Sechster Auftritt.

Bleuer. Stadtschreiber.

Stadtschreiber.

Mein Gott! noch da? Ihr Leute seyd so saumseelig —

Bleuer.

Die Frau Burgermeisterin hat mir so eben, wie ich gehen wollte, ein paar Worte wegen unsrer alten Trommeln aus Kaiser Maximilians Zeiten, an's Herz gelegt. — Jezt geh ich — Aber — Herr Stadtschreiber — (zeigt aufs Zimmer) Hier versiegeln Sie, wenn Sie einen fremden Vogel fangen wollen —

(ab.)

Stadtschreiber.

Hier? Das hat etwas zu bedeuten! Versiegeln? Kein übler Rath! — Christian! — Still! still!

Siebenter Auftritt.

Stadtschreiber. Stadtdiener.

Stadtdiener.

Was ist vorgefallen? Sind Sie meiner Hülfe benötigt? Was befehlen Sie mein Hochedler Herr Stadtschreiber?

Stadtschreiber.

Sigellack, ein Licht, und das kleine Magistrats Siegel.

Stadtdiener.

Diktum, faktum! Wie Sie befehlen, mein Hochedler Herr Stadtschreiber —

(ab.)

Stadtschreiber.

Ich möchte doch wissen was Bleuer drinne gesehen hätte. — (Sieht durchs Schlüsselloch.) Ich sehe nichts! — Dort bewegt sich etwas — Was ist das? — Ich kann's nicht klein krie-

 gen

gen — 's ist etwas Schwarzes! — Weiß — schwarz — horch! Es wird revera gesprochen — aber, quaeritur: wovon?

Stadtdiener (bringt Licht, Siegellack, Siegel.)

Hier bringe ich alles, befohlnermaßen — es wird kein Stükchen fehlen — an mir wirds nicht liegen, wenn etwas in den Formalibus versehen worden seyn sollte, mein Hochedler Herr Stadtschreiber.

Stadtschreiber.

Nun ruft gleich den Herrn Burgermeister —

Stadtdiener.

Diktum, faktum! Das will ich sogleich thun, mein Hochedler Herr Stadtschreiber — ich will die Sache so wichtig machen, daß der gestrenge Herr Burgermeister so gleich anbeeilen soll, und wenn er beim Frühstück säs, mein Hochedler Herr Stadtschreiber.

(ab.)

Stadtschreiber.

So neugierig bin ich Zeit meines Lebens nicht gewesen, als diesmal — ich bin doch kurios

rios — (will die Thüre versiegeln) Ha! ha! ha! Haben wir euch gefangen ihr Vögel! —

Achter Auftritt.

Stadtschreiber. Arabella, (hernach) Edmund.

Arabella, (kömmt schnell aus dem Zimmer und rennt den Stadtschreiber mit dem Lichte über dem Haufen.)

Stadtschreiber.

Meine Perücke! meine Perücke!

Arabella.

Himmel und Hölle! was ist das?

Stadtschreiber.

O weh! o weh! (steht auf.)

Arabella.

Was wollen Sie? was soll das?

Edmund. (kömmt.)

Was giebts? (vor sich) Jezt ist's Zeit!

(will davon und rennt vor den Lizenziat, welcher zur Thür hereinkömmt.)

Neunter Auftritt.

Vorige. Lizenziat. Burgermeister (angekleidet.)

Lizenziat.

Pursch steh!

Edmund. (reist sich los

Laß mich!

Stadtschreiber. Haltet auf! } (zugleich.)
Lizenziat. Hülfe! }

Arabella.

Undankbarer! Bleib!

Edmund. (rennt vor den Burgermeister)

Laß mich!

Bur=

Burgermeister. (kömmt und hält Edmunden zurück.)

Teufel! was ist das vor ein Lärm? Geblieben, junger Herr — ich bin der Burgermeister. — In einem Redouten-Kleide?

Edmund. (vor sich)

Nun helfe mir der gütige Himmel!

Lizenziat.

Ist das etwa der feine Zeisig aus dem weißen Rosse?

Stadtschreiber.

Wird wohl so seyn! Aber ich hätte nicht geglaubt —

Arabella.

Stadtschreiber, wenn Sie sich mit einer Silbe merken lassen, oder mit einer Mine zu verstehen geben, daß ich bei dem Fremden im Zimmer war, so sind Sie unwiederbringlich verloren, denn Ihrentwegen schift kein Herkules über den Acheron, als Sie selbst.

Zehnter Auftritt.

Vorige. Emilie.

Emilie.

Himmel! er ists!

Burgermeister.

Der Fremde aus dem weißen Rosse?

Edmund.

Ja — ich bin's!

Stadtschreiber.

Propria confessio est optima probatio!

Lizenziat.

Quod sic.

Burgermeister.

Nun sagen Sie mir, mein lieber Herr, was trieb Sie in mein Haus?

Edmund.

Eine mächtige Monarchin,

Bur=

Burgermeister.

Monarchin?

Lizenziat.

Sollte etwa die Kaiserin von Rußland, Herr Bruder — ein Komerzientraktat — man kann nicht wissen —

Burgermeister.

Wollen's gleich hören. — Die Staaten dieser Monarchin?

Edmund.

Paphos, Gnidus — die ganze Welt und der Olymp —

Stadtschreiber.

Ich glaube der Mensch ist verrükt.

Burgermeister.

Und sie heißt?

Edmund.

Die Liebe.

Stadtschreiber.

Revera, ich habe mich nicht geirrt.

Burgermeister.

Also die Liebe trieb Sie in dies Haus — und warum so spät? Ein ehrlicher Liebhaber kömmt am Tage.

Edmund.

Ich wollte frühzeitig wieder abreisen.

Burgermeister.

Seht mir doch einmal an den frechen Kerl! Herr Stadtschreiber — das wird registrirt.

Stadtschreiber.

So gleich! (sezt sich an den Tisch und schreibt.)

Burgermeister. (sezt sich gegen über.) Wollens untersuchen.

Lizenziat.

Wie das recht und billig ist! (sezt sich zu ihm.

Emilie.

Liebste Mutter!

Arabella.

Ruhig mein Kind! Ich stehe davor, es soll sich alles fügen (setzen sich zusammen.)

Edmund.

Edmund.

Halten Sie mich nicht lange auf, wenn ich bitten darf; ich muß bald fort.

Burgermeister.

Das geht so geschwind nicht.

Stadtschreiber.

Festina lente! Ist das goldene Sprüchwort dem Herrn unbekannt?

Burgermeister.

Nun fragt sichs, wie der Herr auf den verwegnen Einfall gekommen ist, sich von der Liebe hieher in mein Haus treiben zu lassen?

Edmund.

Hierauf kann ich nichts anders antworten als:

Die Liebe zieht wohin sie will,
Man folg ihr willig, gern und still.

Stadtschreiber.

Verse werden nicht ad protocollum genommen.

Edmund.

Edmund.

Deswegen hab ich sie auch nicht gesagt; sondern blos, weil ich als Dichter dem Drange nie wiederstehen kann, Verse anzuführen, wenn es nur halbweg angehen will.

Lizenziat.

Ich bin auch ein Dichter — wenn wir uns nicht auf diese Art träfen, sollte mirs sehr lieb seyn —

Stadtschreiber.

Mir auch, denn auch ich habe getrunken aus der schönen Silberquelle des hohen Helikon.

Burgermeister.

Und ich bin ein Mäzenas der Dichter.

Edmund.

Ich habe ein ganzes Gedicht über die Mäzenaten geschrieben. Es hat den Beifall aller Kritiker in ganz Teutschland gehabt. Vermuthlich traf es so, daß die Rezensenten insgesammt reicher an Reimen, als an Dukaten waren — Denn leider ists dahin gekommen, daß man mit Narren oder —

Burgermeister.

Jezt ist die Frage: Ob Sie nicht in Erwägung zogen, als Sie in dies Haus gingen —

Edmund.

Ich zog gar nichts in Erwägung, ich folgte zwei leitenden Sternen, wie die Schiffer dem Zwillingsgestirn der Tyndariden.

Burgermeister.

Und diese Sterne?

Edmund.

Ein paar hellstralende weibliche Augen — wie sich das von selbst versteht. (singt.)

Dein Auge Lina sagt es mir
Daß nur für mich —

Stadtschreiber.

Silentium! — Welche Verwegenheit, im Verhör zu singen!

Edmund.

Madam sind Sie eine Liebhaberin von Musik?

Arabella.

Von Vokal- und Instrumental-Musik. Ich singe und spiele; meine Töchter auch, Dilettantinen zwar nur, aber — so viel in unsern Kräften steht —

Edmund.

Ah dio! Sie müssen mit mir das reizende Terzett einstudieren: (singt.)

O com' è crudo Amore?
Fà strage de gli amanti, —

Burgermeister.

Mein Herr, lassen Sie das Singen, und die Narrenpossen, oder wir sprechen ernstlich zusammen.

Edmund.

Also bisher wär's Spas? Das Singen kann ich nicht lassen — an mir ist in der That ein Opersänger verdorben.

Burgermeister.

Ich frage: Wer Sie sind?

Edmund.

Davon kann ich nicht mehr sagen, als ich selbst weis.

Burgermeister.

Wer sind ihre Eltern?

Edmund.

Ich kenne meine Mutter nicht und in Absicht meines Vaters, bin ich, wie wir alle, lei-

der!

der! auch nicht gewiß! — Man sagt, ein Graf habe mich gezeugt, aber ich führe kein Wappen, weil ich ohne priesterlichen Konsens das Licht dieser Welt erblikte, und also habe ich weder Anspruch auf Ahnentafeln, noch auf Stammwappen und Schildhalter. Ich führe deswegen blos meinem verzognen Namen mit einem Lorberkranze umgeben, im Petschaft.

Burgermeister.

Wo sind Sie geboren?

Edmund.

Gott weis, ob in einer Residenz, in einem Flecken, in einem Kastell, oder in einer Bauerhütte — ich weis es selbst nicht.

Arabella.

Reden Sie weiter.

Edmund.

Es steht ein Kapital bei einem Kaufmanne zu Amsterdam, von demselben ziehe ich die Interessen und dieser Kaufmann konnte mir weiter nichts sagen, als daß mein Vater ein regierender Graf und meine Mutter eine Engländerin gewesen sey —

Arabella.

Eine Engländerin?

Edmund.

Und daß ein Universitäts Freund meinem Vater den sehr freundschaftlichen Gefallen gethan habe, meine Mutter mit einer stipulirten Aussteuer von 10,000 Thlr. zu heurathen — Vermuthlich wars ein armer Teufel —

Burgermeister.

Mit 10,000 Thlr?

Edmund.

Und ferner sagte er mir, daß mich der Graf hätte erziehen lassen, ohne daß meine Mutier und ihr Mann gewust hätten, wo —

Arabella.

Und Ihr Name?

Edmund.

Eduard und Edmund —

Burgermeister.

Und der Name Ihres Vaters?

Edmund.

Denn weis ich eben so wenig als meinen Geburtsort. Vermutlich wird mein Name ein ganz eigner, anfänglicher Familienname werden, wenn ich einmal, wie ich mich denn

dazu

dazu auch gar sehr gestimmt fühle, den Entschluß fassen werde, mich zu verheurathen.

Arabella.

Und der Name Ihrer Mutter?

Edmund.

Arabella Withfield —

Arabella.

Eduard! — (umarmt ihn) Mein Sohn! Ich bin deine Mutter.

Burgermeister.

Teufel und alle Donnerwetter! Ich hab's doch gleich gedacht.

Lizenziat.

Das ist eine schöne Historie, Herr Bruder!

Stadtschreiber.

Accidit in puncto, quod non speratur in anno.

Edmund.

Sie? meine Mutter?

Arabella.

Ja! ich bins!

Stadtschreiber.

Quod nec per somnium cogitassem.

Edmund.

Was Teufel! So hätte ich ja meiner Mutter eine Liebeserklärung gethan.

Arabella.

Ja wohl kleiner loser Schelm!

Edmund.

Gewiß! ein außerordentlicher Fall! Meiner Mutter so eine elegante Liebeserklärung zu thun! und meiner Schwester dazu —

Emilie.

Wie Sie sehen, Herr Bruder!

Edmund.

Das sind schöne Fata! Führt uns der Himmel auf einer Redoute zusammen!

Lizenziat.

Nun, Herr Bruder?

Arabella. (streichelt dem Burgermeister das Kinn.)

Frizchen! Männchen! Schäzchen! Lizenziat! Stadtschreiber! Männer der Republik!

Emilie.

Ei! ei! über die schönen Abentheuer!

Burgermeister.

'S ist gut! 'S ist gut! Du weißt meine Art. Geschehene Sachen sind nicht zu ändern. Hab ich mich das erstemal nicht geschämt einen dummen Streich zu machen, will ich mich jezt auch

auch nicht schämen. Kom er her Musge! Laß er sich vor keiner Seele merken, daß er zur Familie gehört — sonst wir'ds nicht gut!

Edmund.

Davor sorgen Sie nicht. Was hätt ich davon? — Nun aber können wir das Terzet doch noch einstudiren?

Stadtschreiber.

Ja wohl! Leider!

Burgermeister.

Ist der junge Herr auf Universitäten gewesen, und hat er etwas gelernt?

Edmund.

Wenn ich mich nicht irre.

Burgermeister.

Versteht er sein Jus?

Edmund.

Vollkommen! Ich bin, ohne mich selbst zu rühmen, in utroque jure so wohl beschlagen, daß ich jede Stunde Doktor werden kann.

Lizenziat.

Das ist brav!

Stadtschreiber.

Ist gar sehr zu loben.

Burgermeister.

Wollen sehen, ob wir ihn untersteken können und die Mariage soll sich auch finden.

Stadtschreiber.

Ein sehr remarkables Ende eines Verhör's!

Arabella.

Bestes Männchen — wegen der Mariage — davor laß mich sorgen.

Burgermeister.

Er kann selbst wählen. Er kennt ja so die Leitsterne gut. Nun — 's mag gut seyn! Ich bin froh, daß es noch so abgelaufen ist. Aber Herr, das bitte ich mir aus, wenn er ja wählen will, weder meine Frau, noch meine Tochter.

Edmund.

Weder die Mutter noch die Schwester!

Ende.

www.ingramcontent.com/pod-product-compliance
Lightning Source LLC
Chambersburg PA
CBHW030026030726
47499CB00008B/3140

* 9 7 8 3 7 4 3 3 6 4 1 4 1 *